寄语四月

jiyu siyue

四月
江南
窗前
湖水的漣漪
果園的花卉
全在這个季節
呈現

方大卫 / 著

合肥工業大學出版社

序

方大卫教授新诗《寄语四月》结集，嘱我作序。我治古代文学有年，多少懂点旧体诗，于新诗却全是外行，未免有些惶恐。大卫兄鼓励我："你随便写，写啥都行。"这虽是戏言，倒也合乎"序"这种文体，确有其很自由的一面。多年前读桐城派诸君子为友人诗集作的序，曾疑惑有的诗序只谈与诗作者的交往，通篇竟不评诗，这也叫诗序？后来始悟，所谓序者，绪也，所以助读者使易得其端绪也。读其诗而不知其人，可乎？好在我与大卫兄相识多年，就算诗评搔不到痒处，但若介绍一下对他的观感和为人，哪怕只是吉光片羽，亦有裨读其诗者知人论世，这样一想也就心下释然。

认识大卫兄是因为他的夫人汪亚君老师。十几年前我刚来安徽师范大学工作，与汪老师还有其他几位同事寒假去利辛县上函授课，那时刚与汪老师认识。回来的火车上，汪老师坐我对面，一路上埋头在手机上发信息，我闲坐无聊，就好奇地问："给谁发信息啊，那么专注。"汪老师说："给我家先生方大卫。"她还说他们夫妻经常这样信息聊天。我顿感神奇，禁不住啧啧称叹：已是中年夫妻，一般人所谓"摸着左手如右手"了，这对夫妇彼此竟还有这么大的热情，实让人称羡。下了火车，出站时就看见大卫兄推着自行车来接夫人，望着他们相依远去的背影，我不禁感叹世间真的存在保鲜的爱情。我与自家夫人，除了早年恋爱那会在火车站彼此迎接过，婚后似乎绝无仅有了。对比大卫兄对夫人的体贴，我竟对自家老婆感到一丝愧赧。这是我第一次见到方大卫教授，印象极深。

汪亚君老师是我们古代文学教研室人人尊敬的大姐，她心肠热，温良贤惠，乐于助人，性格也极开朗。她请同事们喝酒并不为什么目的，而是为了难得的友谊，还从不在乎别人是否回请，只要大家高兴，她就异常开心。每次坐东，她就说“主不喝，客不饮啊”，于是带头喝干，生怕朋友们喝不好。她酒量本不大，常常是先醉了，这时就见大卫兄夜幕中来到饭店门外，细心而又体贴地扶夫人回去，而且从不发火抱怨。看到这场景，每每让人感动。

我刚来师大工作那会，手头拮据，亚君大姐就热心介绍我到大卫老师的学校——芜湖教育学院去兼些课，以赚点香烟钱。课是上午四节，下课时已到中午 12 点了。有一次学生拍桌打凳吵着要早点下课吃饭，说还要开展什么班级活动，我就依从了学生一次。大卫老师那时是系主任，有一天忽然打电话要我去他的办公室。此前虽见过大卫老师几次，但毕竟没怎么接触过，这个电话让我有些懵懂，以为他找我有什么事。去了他办公室，他给我倒了杯茶，然后坐在我对面的沙发上，温和中透着严肃，问道：“学生反映你早下课，可有这回事?”我一下急了，说：“是他们要求的，要早点吃饭参加班级活动。”方老师说：“部分学生的话哪能听呢！还是看大多数，正常下课为好。”方老师的话很轻很慢，态度也很温和，但又透着一种威严和严肃，这让我想起《论语》的一句话，君子“望之俨然，即之也温，听其言也厉”。大卫老师即有这样的君子气场，这让我顿感惶恐，同时又肃然起敬。一般来说，学校对于外聘教师都比较宽容和尊重，而方老师并没有因为我是安师大的教师而且还是她夫人的同事，就放松教学管理。我为教院能有这样严肃认真的管理者而感到钦佩。

后来大家相熟了，也在一起吃过好多次饭，大卫兄在席间也是既温和又矜持，总体印象仍是谨言慎行而又温润如玉。直到有一天，大卫兄送我一本他的诗集《等待栀子花开》，我对他的认识又深入了一层。之前也遇到过一些人把他们的诗集赠送给我，我稍微翻翻觉得无趣也就扔在一边了。但大卫兄的诗我却是一口气读完，不禁感叹他外表严肃，心灵世界却是如此细腻多情，清辞丽句，意境深沉，我不仅被吸引，还有丝丝的感动。诗集中有不少爱情诗，写得缠绵凄恻，如梦似幻，仿佛天籁一般。后来，大卫兄又送我另一部诗集《我的心依然年轻》，感觉也是如此。有一次和他们夫妇吃饭，说起大卫兄的爱情诗，亚君老师故作不悦状："你呀我的，我都有些看不懂！"大卫兄似有些百口莫辩，好像有点急了。我说："汪老师，咱们都是搞文学的，诗需要虚构和想象啊，未必有实事，你就不要寻找本事了。"另一同事说："梁简文帝曰：立身先须谨慎，为文且须放荡。"众人皆大笑。其实汪老师治文学数十年，岂能不知此理，大家一起玩闹而已。不过，大卫兄立身严肃，而诗歌情采摇荡，这确是事实。

这部《寄语四月》收录了大卫兄最近几年的诗歌。我读完后掩卷而叹，当下诗性远去，大卫兄的诗无疑是庄子所说的藐姑射之山的神人，肌肤若冰雪，绰约如处子，不食五谷，吸风饮露，而游乎四海之外。第一个印象是清真脱俗。诗写如烟的往事，四季的风花雪雨，俗人视为寻常的景致，大卫兄却能从中看出淋漓的诗意。俗人追逐尘世的浮华和名利的虚荣，终生役役而不见成功，茶然疲役而不知所向；而诗人却清风明月不用一钱买，青青翠竹尽是法身，郁郁黄花无非般若，从一丘一壑、一草一木中发现令人沉醉的美，谁说诗人生活质量不如那些逐利臭夫？如大卫兄这首《东湖漫步》：

晨起绕着东湖走
热浪浮心头
莲花相约齐绽放
莲蓬丛丛守

小亭闲坐两三人
都在聊退休
一翁厅前放风筝
一翁垂钓柳

放眼西山有灵塔
湖水泛轻舟
水鸟天性爱歌唱
水草自清幽

炎炎夏日何所惧
绕湖自悠悠
如若腹中藏诗文
你还何所求

类似的诗，恬然自适，意境闲远，超然物外，实为功利人生的清凉剂。再如《在高铁上读诗》：

高铁飞一般地奔跑

车厢，全是手机的缠绕

只有你不合时宜
手捧一本普希金诗抄

窗外是赤热的颜色
播音伴你读诗的声调

那俄罗斯诗歌的甘露
滋润你浪漫的心潮

你看，这火红的诗情啊
也随高铁一路飘飘

这首诗风趣而又浪漫。在这电子信息充斥人人低头看手机的时代，谁还去读诗，谁又能在高铁上读诗？《庄子》中说“子非鱼，安知鱼之乐”。读诗之人固不懂玩手机之乐，玩手机的人亦不知诗人之乐。但我想，手机娱乐与读诗写诗哪一个更能涵润心灵，哪一个更合乎人性而不是物性，这是可以高下立判的。

读这部诗集第二个印象是人情之美。大卫兄一如从前，善写人情，如爱情、友情、亲情，师生情，情不知所起，一往而深。从这些诗中，可以看出他的温厚、亲切、责任和大爱。如诗中回忆去世多年的岳父：

犹记得，东方红广场
你扶我学车的情形
还记得，沏好半盏茶

等着与我一起添水，谈心

你常谈年轻时的爱恋
也描述生活的艰辛
老家往事，儿女家常
仿佛全是娓娓叙说的场景

这些诗朴实无华，平凡的叙说中蕴含有无限的深情，初读即让人感动。

大卫教授是治文艺理论的，对朱自清、徐志摩等作家的创作思想尤有研究，他的诗风格上也接近志摩的诗，语言浅易，但又意象繁复，情韵深沉。他对我说，诗写得良莠不齐，让我帮他删掉一些。但我以为，诗是个人心迹的披露，一部诗集往往是个人的心灵成长史，无论写得好与坏，都有存留的价值。大卫教授的诗，一如其君子如玉的为人，纯洁、真诚而又厚重深沉。或许有些诗缺少锤炼，粗疏之处亦有不少，但瑕不掩瑜，能从诗中见其为人，留下一片心迹，觇其不俗境界，是亦足矣。

是为序。

武道房

2018 年 6 月 10 日，于赭山之麓勉学斋

目　　录

寄语四月

四月，江南窗前
湖水的涟漪
果园的花卉
全在这个季节呈现
还有温煦的阳光
心底的想念

山峦间，飞驰的高铁
沐浴着春雨
把阳光洒在湖边

四月，是恋爱的开场
多少年轻的心
在这个时刻里萌动
享受青涩的绵连
留在花丛中
只在缤纷里梦见

远远的坡上
金灿灿的油菜花
亲吻你的脸颊

你能，听见泉水的甘甜

四月啊，写诗在校园
那灵动的眼神
闪烁的镜头
全是平和的画面
鸟瞰这个季节
在阳光下挥手无边

你在激情澎湃
整理四月
抒写秀美的诗篇

2013 年 4 月，芜湖 · 校园图书馆

名曲诗解（组诗）

（1）梁祝

我深深地，懂你
一曲柔美深情的旋律
那是古老的传说
萦绕在每个人的心底

仿佛，把我们带到了
明媚秀丽的春季
那是水碧山青的江南
鸟语连着悠扬的长笛

折柳相送，忘不了
草桥亭畔的结义
同窗朝夕的心愿呀
每一刻都应格外地珍惜

忽然，天空布满了乌云

楼台相会中互诉情意
大提琴牵引着小提琴
急促，痛苦，悲戚

梁兄痴情地病故
带给英台痛苦的一击
穿上素服啊登上了花轿
坟碑前，撞开封建的叛逆

于是，他们双双化为彩蝶
飞向远天，形影不离
他们去寻找自己的幸福
主题曲也留下了动情的涟漪

我深深地，懂你
一曲凄美爱情的旋律
那梦幻般的中国交响曲呀
演绎了世界音乐的传奇

（2）思乡曲

这支优美伤感的曲子
在我的脑海中久久盘旋
你在向谁倾诉呀
故乡的颜色，故乡的体验

你憧憬北国的宁静
飞到牧歌悠扬的原野
你回望昔日的生活
留恋恬淡诗意的家园

八小节的慢板
出自你娴熟的指尖
我分明感觉到，这小提琴
在演奏游子乡愁的因缘

其实，你超越时空的五线谱
是对世界精品的奉献

（3）二泉映月

苦难的岁月
随凄婉的旋律流淌
苦难的民间艺人
怎能忘记自己的哀伤

凄冷的月色
在天下第二泉旁登场
每一句茫然的音符
都在诉说世事的无常

瞎子阿炳啊

你无须在街头流浪
你已把我们，带进
夜阑人静的他乡

我也拿把二胡吧
跟随你的弓法指法去品尝
让每一次变奏的主题
从惠山泉豁然地飘向远方

（4）致爱丽丝

那是一曲精致的小品
流畅的旋律因甜蜜而欢快
他把我带到另一个世界
没有悲怜，只有亲密和未来

这是，贝多芬愉悦的交谈
这是，音乐天才的诚挚表白
只是时光幽暗了四十年
人们才把痴情的心扉打开

仿佛是主人翁的心跳
对炽热爱慕的无私缅怀
仿佛是羞涩的少女
欣然领会了他孤独的胸怀

仿佛是主人翁不断地叩问
对爱情的追求和无奈
仿佛是恋人极尽的絮语
感到他的缠绵而离开

这一刻，我宁愿相信
你是一位温柔的邻家女孩
你走进作曲家的灵魂
更感染了亿万听众的情怀

倘若我要练习钢琴曲啊
便从这首曲目弹开
让一位貌似年轻的诗人
忘情地领略大师的风采

（5）四小天鹅舞曲

在蔚蓝的天空下
湖水泛起涟漪
小天鹅们愉悦的心情
伴随美丽的音律

她们欢快，跳跃
场景幻化，传奇
诗一般的情趣
回味画一般的神怡

二重奏突显双簧管
更惊诧舞步的整齐划一
那不是单纯的舞步
也不仅整齐划一

那是柴可夫斯基的热血
让每个节拍着迷
是音乐大师的灵魂
展现经典芭蕾的魅力

2013 年 4—5 月，芜湖 · 赭山公园

睡莲吟

你静静地躺在
依依绿萍的怀抱
没有了言语
只留下身躯的娇小

晨曦的池塘边
你远瞧着恋人们拥抱
火红的夏夜里
你领略了舞曲的飘飘

我的心湖啊
早浮起你的俊俏
当牵着爱人的手
才惊诧你格外的招摇

你静静地躺在
悠闲夏日的怀抱

2013 年 7 月，芜湖 · 赭山公园

中国梦

我们都是中国人
都怀有一个美丽的梦
这个梦呀
萦绕着上下五千年
这个梦呀
浇灌着每个人的心田

正是这个美丽的梦
才有了我们
中华民族凝聚的今天
正是这个美丽的梦呀
才有了你我
无怨无悔的奉献

无论，战争年代的枪林弹雨
还是和平时期的艰难抢险
我们不放弃的
是对国家富强的追求
民族的复兴，人民的幸福
与诗人心底的牵念

多少温情的夜晚
都只是成功事业的铺垫
我们心中
永不放弃的
依然是我们的向往
我们祖国灿若星河的明天

2014 年 1 月，芜湖 · 天置山庄

星夜私语

那是一次久远的沉醉
耳旁记下了
你的星夜私语
在乐曲中
旋转，领悟，幽会

从此，我便风度翩翩
舞在校园里
像歌一般优美
像曲一样清脆

雾里看花呀
只有回味
好比四月的风
吻在垂柳上
全是生命的春晖

2014 年 4 月，芜湖 · 镜湖公园

童话般的诗情

你是一片轻云
从眼前飘过
在我的少年梦里

我记住了，你那
一双会说话的大眼睛

那样的水灵
那样的明净
那样的羞涩
那样的含情

于是，晨读中的朝霞
山麓边的晚风
小说中的倩影
都渗透了
童话般绵绵的诗情

2014 年 4 月，芜湖 · 赭山公园

湖边的身影

我望见你的身影
在秋意的湖边缓行
那样的温暖
那样的安静

你牵着他的手
是依依惜别的情形
我想，你那如水的心呀
已到了恋爱的年龄

倚山湖畔的天空
飘着几朵洁白的云
那是你的愿望
也是我的歌吟

我望见你的身影
在秋意的湖边缓行
那样的甜蜜
那样的清新

2014 年 9 月，芜湖·倚山湖畔

青城山随想

幽寂的青城山
在春雨中
留下了千年的声望
这里是道教的发源地
每一处宫观殿内
都缭绕着平和的烛香

拾级而上，你听得见
漫山青翠的灌木
在雨中祷告
在雨中倾诉
那历史演绎的沧桑

即使卧游在异地他乡
即使在梦中默默地回想
大师们也没有忘记
探幽，访胜，挥笔泼墨
抒写灵动的诗行

2015 年 4 月，成都 · 青城山

乐山大佛印象

你坐镇三江，心未老
经历千余年的风雨侵蚀
巍然屹立，毫不动摇

滔滔的江水
是你意志的见证
过往的船只
因你的信念祷告

你是乐山人民的守护神
你是旅行人降妖的天兆
你是虔诚者的标志
你是建筑者眼中的艺术瑰宝

我写下这几行诗呀
留下你的印象
重温你的骄傲

2015 年 4 月，四川 · 乐山

江南情怀

金灿灿的油菜花
在辽阔的乡间盛开
蜜蜂不倦地勤劳
蝴蝶，双飞在你的心怀

远远地望去
你穿上了洁白的婚纱
飘在花丛间
炫一回女神的风采

村落点缀的原野呀
灰瓦，白墙，徽韵一派
真是一幅
江南水墨的情怀

你是幸福的新娘
你是我诗中的邻家女孩

2015 年 4 月，芜湖 · 镜湖公园

梦中的小屋

在梦中的小屋里
我又遇见了你

依然是醉心的目光
依然是醉心的笑意

飘逸的季节
目视窗外的芳草地

我凝视着你渐渐远去
又觉得如此新奇

忘记了快意的目光
忘记了咖啡的距离

在梦中的小屋里
我预感到我会遇见你

因为世间皆有因缘
你注定留在我的诗作里

2015 年 4 月，芜湖·镜湖公园

优雅的月色

挽着优雅的月色
还有初夏凉爽的风
你俩依偎在湖边的栏杆
悄悄地约会
分明是恋人间的温婉

你们忘却了时间
忘却了宇宙
也忘却了世俗的偏断

此时，优雅的月色呀
已浸润整个夏夜
还有水面上的渔船

暮色的云流离着
时光也在回转
不知何时
青蛙小子们跃出了水面
亲一个脸，亲一个脸

他们齐声呐喊

蛙声在夏夜中飘扬
蛙影消失在水潭

2015 年 6 月，芜湖 · 凤凰湖畔

童　　年

我的童年，也记得几分纯洁
万物随我们无忧无怨

鸟儿卖弄她清脆的歌喉
花草喜欢招手在田野

伙伴们常常在河边奔跑
你追我赶，赶在浪花前

大树呀，上上下下
野果儿，香香甜甜

谁说外婆的小镇乏味
谁说发小们在疏懒时间

你问问鸟儿、花草、小河、野果
哪一天不是把我们想念

2015 年 6 月，芜湖 · 弋江桥旁

当我吻你的时候

——观电视剧随感

当我吻你的时候
世界变得如此奇妙

枫叶飘零的季节
初恋的感觉朦胧飘渺
那是我的爱慕呀
一直伴随着我的心跳
仿佛有隔世的情缘
仿佛穿过了时间的隧道

我多么希望，你的明媚
在我的湖边缭绕
没有利益的驱使
没有世俗的回报
只在这碧蓝的天宇下
应和着我的曲调

当我吻你的时候
窗外如此多娇

2015 年 11 月，芜湖 · 天置山庄

也　许

也许，你早已身心疲惫
也许，你压抑了自己的泪水
那就听听啄木鸟的歌声
她会给你带去铿锵的回味

也许，你不需要什么争辩
也许，你的心呀不再妩媚
那就让缥缈的网络
给你送去缥缈的安慰

也许，你早已习惯了等待
也许，你淡忘了湖边的约会
那就让炎炎的夏日随风飘去
期盼那秋天的瓜果累累

也许，你守望那遥远的麦地
也许，你遂了心愿再不忏悔
那就让感伤的沉默
随那天边的红云，一起放飞

2016 年 3 月，芜湖·天置山庄

我的烦恼

不知为什么
我越来越感到烦恼
烦恼腹内淤积的
全是那
多情的诗稿

我丢下了许多工作
还勉强陪了微笑

我想，把雪雁般的诗句
临摹成悠扬的洞箫
让我的思绪徜徉
让我的身材变得苗条

低眉，沉吟，伴着星光
赶紧兜售我的诗抄
我要坚持下去
哪一天，夜莺成了天使
我又远离了虚无缥缈

2016 年 6 月，芜湖 · 天置山庄

那年秋游齐云山

江城驱车早，
小乔为向导；
借问齐云山，
溪水已迎笑。

古桥横卧前，
老街连山腰；
石板印沧桑，
徽韵不潦倒。

放眼太极村，
青白水墨描；
远远峰峦秀，
轻轻云缭绕。

摩崖石刻情，
仰望飞雨妙；
漫山寻红叶，
风光自多娇。

人在梦中行，

游客何稀少；
道士正忙碌，
飘摇何自找。

深秋寄心语，
回首留诗稿；
一日飘然游，
同伴歌陶陶。

2016 年 6 月，芜湖 · 赭山公园

我的觉悟

我忽然觉悟了
过去的
得与失，荣与辱，恩与怨
终将随风而逝，不再挂怀

而我关心的
只是明天早晨
第一声清脆的鸟语
第一缕温情的阳光
还是那样亲切，那样可爱

我不灰心，我不纠结
我不忧郁，我也不再徘徊

我以诗人的姿态冲破云雾
大声地呐喊
相信自己，相信未来

2016 年 6 月，芜湖 · 天置山庄

心中的思虑

我静静地挨过
这些天，迷茫地游荡
世界是如此的凌乱
又是如此的安详

不眠的夏夜
回荡着隐隐的宣扬
把荣辱抛在脑后
更不屑那嘲笑的目光

回望知天命的途程
惊诧我辈的辉煌
无论是爱情和事业
都有脚印深嵌在泥土上

如今，这小小的挫折
拴不住飞翔的翅膀
我要呐喊，遨游在蓝天下
写下最华美的诗章

年少而蓬勃的热忱
没有什么污浊可以阻挡
无论是江河山峦
都描绘成幸福的模样

2016 年 6 月，芜湖·天置山庄

夏天在歌唱

我无意中推开纱窗
听见夏天在歌唱

清晨，画眉卖弄她
甜脆的歌喉
在丛林中
给新的一天传递希望
她飞向无边的田野
清凉伴着远方

正午，知了摇曳着
奋进的翅膀
在大树上
给多彩的青春带来时尚
她走进诗意中的梦幻
骄阳伴着吉祥

傍晚，青蛙鼓起她
自信的腮帮
在湖水中
给爱情增添了安详

她唱起欢愉中的恋人
晚风伴着夕阳

夏天在歌唱，其实
全是诗人美丽心声的回放

2016 年 7 月，芜湖·天置山庄

人生的幸福

只有经历了
轻柔的诗句才不会干枯
走进大师们的世界
才懂得智者是多么的炫酷

不惧寒风
遗忘困苦
在激情燃烧的岁月里
无悔那赤诚的守护

不屑讥讽
重温征途
在和美阳光的夏日里
留下那迷人的眷顾

啊，在苍茫的思绪中驰骋
在林荫道上彻悟
自由，健康，衣食无忧
这才是人生的幸福

2016 年 7 月，芜湖 · 赭山公园

登西山

清凉的灌木林
藏着清凉的夏季

清凉的心情
是那登山的韵律

你拾级而上
伴随鸟语的长笛

这西山的每一处
都藏着梦一般的魅力

山顶道长的询问
有无穷的新奇

你如此的虔诚啊
定能走出困境

2016 年 7 月，江苏 · 西山

东湖漫步

晨起绕着东湖走
热浪浮心头
莲花相约齐绽放
莲蓬丛丛守

小亭闲坐两三人
都在聊退休
一翁厅前放风筝
一翁垂钓柳

放眼西山有灵塔
湖水泛轻舟
水鸟天性爱歌唱
水草自清幽

炎炎夏日何所惧
绕湖自悠悠
如若腹中藏诗文
你还何所求

2016 年 7 月，江苏 · 东湖

在高铁上读诗

高铁飞一般地奔跑
车厢，全是手机的缠绕

只有你不合时宜
手捧一本普希金诗抄

窗外是赤热的颜色
播音伴你读诗的声调

那俄罗斯诗歌的甘露
滋润你浪漫的心潮

你看，这火红的诗情啊
也随高铁一路飘飘

2016 年 7 月，江苏 · 南京

你说我恋爱了

——读好友诗评有感

你说我恋爱了
诗情像潮水一般奔跑
不然呀，我的大作怎么会
如此缠绵，如此高调

我与少年的梦恋爱了
只为那往日不寻常的心跳
在最纯美的年华，谱写出
最纯情的青涩与美好

我与大自然恋爱了
只为享受那优美的画稿
在洁净的诗意中，幸福地
与空灵的山水拥抱

我与心中的远方恋爱了
只为昨日那不必要的烦恼
找回从前的自己，在月下
吹起悠扬的洞箫

我与诗中的她恋爱了
只为飘忽的青春等待俊俏
隔着清清的河水，远远地
欣赏她迷人的微笑

你说我恋爱了
我也为自己的才情而倾倒
不然呀，怎么对得起
我那文学教授的称号

2016 年 7 月，芜湖·赭山公园

爱情天梯（并序）

上世纪50年代，20岁的重庆农家青年刘国江，爱上了长他10岁的俏寡妇徐朝清。为了躲避世人的流言，他们带上孩子们，携手私奔至深山老林。为让自己的恋人徐朝清出行安全，刘国江一辈子都忙着在悬崖峭壁上凿石梯通向外界，如今已有6000多级，被称之为“爱情天梯”。半个世纪过去了，两位老人先后去世，这6000级“爱情天梯”，在丹霞流云的大山中延伸，旷世持久的姐弟恋也在万顷云海的密林中耕耘，这对恩爱夫妻美轮美奂的尘缘故事感动着每一个人……

我创作这首《爱情天梯》，仅凭网上资料，所以只能算是“初写”。接下来，我一定要携爱人专程去重庆，登上“爱情天梯”，体验当年两位老人的艰辛与幸福，重新改写我的诗作。

在天府之国的深处
封尘了一个爱情神话
一对普通的老人
用一生呵护自己的韶华

当年，那蜿蜒的小路
回荡着悠扬的唢呐
迎新队伍的每一步前行
都撩动了寂寞的山花

天仙般嗔怪的流云
只因那吮指惊魂的一刹
从此，你小小的年纪呀
也有了心动的牵挂

一个年方二八的新娘
招惹了一个六岁的童娃
十年后不幸的俏寡妇
因他的行为深深地感化

他为她担水劈柴
他为她照应小家
示爱的姑娘他从不理会
也不为闲言碎语所怕

为了避开世俗的目光
为了远离流言的浮夸
在一个夏日漆黑的深夜
你们攀上与世隔绝的山崖

为了恋人的出行方便啊
为了任凭良心的犯傻
在渺无人烟的深山中
凿路在古藤边崎岖的山崖

从青年凿成了一个老翁
你依然在青山白云间规划
那六千级凿平的石阶呀

每一级都有爱的密码

岁月的河水流淌着
你们七八个孩儿随之长大
每一个孤寂的夜晚呀
只相守着同一句话

你最愿陪她唱十七望郎
你每日为她梳理华发
从刀耕火种，到走出岩洞
咫尺天涯只用眼神对话

五十六个春秋啊
该有多少朝露与丹霞
即使一个先行走了
也在天梯的尽头等着她

如今，你们的爱情遗产
早已成为游览的绝佳
那旷世传奇的故事
则充满了人性的温雅

此时，我纤弱的诗情呀
久久地难以挥发
这十大爱情的典范故事
终会悠然地传遍中华

2016 年 7 月初写，安徽·芜湖

你是夜空中的星星

你是夜空中的星星
朦胧且明亮
含蓄而舒心

我跟千万个粉丝联手
把对你的欣赏
藏于绚烂的风景

你是我心中的礼花啊
绽放出轻轻的笑盈
那聪颖的眼神告诉我
世纪的花冠，不会凋零

你是今晚夜空中
最多情的星星
我愿把我的祝愿
献给明日沉寂的黎明

2016 年 7 月，芜湖 · 镜湖公园

迷人的微笑

挥之不去的
是那迷人的微笑
你让多少中国男儿
宁愿相信神话
只为你魂牵梦绕

手捧着洁白的玫瑰花
牵挽着幸福的美貌
放眼这初春的街巷呀
海棠唤醒了年少

遥远的天际
吹来了甜甜的海潮
你让多少中国诗人
宁愿相信痛苦
只为你魂牵梦绕

2016 年 8 月，芜湖 · 镜湖公园

在家真好

在家真好
游荡的心情安歇了
吃着父母的饭菜
享受温馨的唠叨

在家真好
小河的流水清澈了
风儿轻轻地吹
听着鸟儿的歌调

在家真好
亲朋好友常相邀
喝点甜可乐
品尝一些小情调

在家真好
无事还可以上电脑
打开从容的空间
欣赏老师的诗稿

2016 年 8 月，芜湖 · 齐落山

暑期写诗随想

这个暑假六十天
我创作了六十篇诗稿

我为我平静的感悟
耕耘，浇灌
我为我无穷的才情
自信，骄傲

忘却了挥汗如雨的夏日
忘却了台风的侵扰
我每天都沉浸在
自由洒脱的诗之世界
全身心地体验那
诗之灵性，诗之曲调

这个暑假六十天
我创作了六十篇诗稿

我为你始终的陪伴
欢喜，欣慰
我为你大气的点赞
击掌，叫好

忘却了多年勤奋的学问
忘却了无谓的烦恼
我与每一个诗之意象
都亲密无间
把她们悠悠地带进
潇洒的风骚

这个暑假六十天啊
我已创作了六十篇诗稿

2016 年 9 月，芜湖 · 天置山庄

写给返校的学生

你突然出现在走廊
宛如雨后的清凉
不是你熟悉的话语
是你巧夺天工的夏装

在鼓鼓的行囊里
装满了你求学的愿望
我猜测你的心语
是对金色圣山的欣赏

你这一身行头
莫不是潜入了考场
但你的笑容里
察觉不到失意的繁忙

你突然出现在走廊
宛如夏日的清凉
我终于分享了天机
是你找着了爱的方向

2016 年 9 月，芜湖·齐落山

甜甜的感觉

甜甜的茶香
连着甜甜的音响
在这温暖的养生殿里
我领略你的时尚

甜甜的缭绕
连着甜甜的道场
在每个动人的细节里
我体验你的思量

甜甜的曼舞
连着甜甜的冥想
在江南灵动的小镇里
我聆听你的悠扬

甜甜的感觉啊
连着甜甜的梦乡
在宁静诱惑的夜晚里
我编织你的模样

2017 年 1 月，镇江 · 茅山

你误入了樱桃林

你在寻找小资的宁静
因而误入了樱桃林

朱果的身影，绯红的姿色
刚刚到了成熟的年龄

野花，满园里盛开
你亲吻着她们的风情

晚霞，海风，牵手
莞尔惦念初夏的倩影

谁能说清摄影的味道
谁能解密这惬意的旅行

你在寻找小资的宁静
因而呀，误入了我的诗情

2017 年 5 月，山东 · 青岛

井冈山抒怀（组诗）

红色摇篮，生态井冈。我校2017年暑期干部培训班，前后七天，令人收益良多！我爱文学，重情于诗，因而每日赋诗一首，以表达内心之真情，学习之感悟。现整理如下，以示同仁，并盼斧正。

（1）穿上红军服

穿上红军服
我来到了井冈山
漫山的翠绿
清凉了我的心坎

这儿是红军的根据地
这儿是革命的摇篮
此刻，每一个中国人
都在聆听你的召唤

穿上了红军服
兴奋，欣喜，相拥了友善

在手机中留下倩影
在微信中传播着企盼

无论你来自何方
无论你多么自负，自满
井冈山的精神
永远都是你我的风帆

穿上了红军服啊
我们不忘过去的艰难
当情操受到了陶冶
忘不掉你，美丽的井冈山

（2）晨曦中的井冈山

在罗霄山脉的深处
在五百里井冈的山坳
晨曦中，飘来
清脆的鸟语
甜甜的味道

这不是晨练的感觉
也不是夏日的卖俏

这是心灵的净化
品格的提高

你才有如此的欣喜
如此的飘渺

授旗，讲座，体验
回首当年的艰辛
我们只有敬意与自豪
静默，沉思，畅想
面对纷繁多姿的世界
把所有的烦热忘掉

我爱井冈山的朝霞
我为井冈山骄傲

（3）在天街上漫步

在郁郁葱葱的道上寻找
寻找那天街的方向

漫步于悠闲的伙伴中
遥望天街的牌坊

参天的松杉，水中的翠木
定然知晓这茨坪的年华

不仅有饭庄，根雕，土特产
还矗立着领袖的神像

广场舞娴熟的身姿
拥着红歌，悠然地飞扬

这是井冈山的腹地
这是心灵寄托的梦乡

当热浪袭击江城的时刻
我正在天街上，抒写诗行

（4）为三十一团而歌

这是一个团结的集体
有着一个光荣的番号
我们三十一团的战士呀
这一天，体验了激情在燃烧

在红色教育的游戏中
我们一切，都想争取得最好

以百米的速度报数
自制午餐也做得美妙
冲锋中人人端起枪
军号声呀，吹得最妖娆

当我们在竹林道上奔走
欢乐的溪水，都感到自豪

（5）井冈山上雨中行

晴空白云行
阳光有柔性
井冈山上雨来兮
万木绿荫荫

路过山道旁
眼中添新景
披上雨衣迎面兮
荷叶亮晶晶

缆车云中走
眺望水杉林
龙潭瀑布飞泻兮
山泉歌吟吟

天下第一山
我辈寻真情
远天彩虹飞渡兮
诗亦清莹莹

（6）在英烈们的碑前沉思

人生，应有理想与信念
这不仅仅属于党员

就像火热的诗歌
就像远方的田野

井冈山，有多少英雄儿女
长眠于青山万壑之间

他们有自己的追求
连同奋斗终生的实践

这不是几句空言呀
而是用生命交出的答卷

潇潇翠竹，是你的身影
潺潺清泉，是你的奉献

生活中，有几多烦恼与委屈
能在英烈们的碑前呈现

（7）再见！井冈山

驱车盘旋百回兮
白云飘蓝天
井冈之行千里兮
惜别依念念

户外体验互动兮
山泉伴我歌
穿上军装越岭兮
你我都争先

拾级而上缓步兮
清风拂面来
先辈安卧青山兮
静默献花圈

小井英魂凭吊兮
上苍已先知
大井枯木逢春兮
皆因有信念

黄岩界上远眺兮
齐声诵诗词
挑粮小道蜿蜒兮

水杉连成片

八角楼上挥毫兮
领袖指引路
龙江书院培育兮
将军已如愿

真情在线叙说兮
学员眼含泪
红军老人高尚兮
遗愿梦回牵

漫山杜鹃盛开兮
重上井冈山
尽情再吟诗歌兮
神采仍无限

2017 年 7 月 17—23 日，于井冈山

在飞机上吟诵泰戈尔的诗

在茫茫的云海中穿行
绿色，阡陌，思念村庄的模样
这丝毫耽误不了我呀
领悟泰戈尔大师的思想

失意与快乐的音符
怀疑与信仰的疯狂
还有爱情与哲理的激情呀
一起闪烁着睿智的光芒

于是，悠然的咖啡里
飘扬着心旷神怡的浓香
低吟的清新与苦痛呀
只为抒写自由、庄严和神往

你虽然叹息，未生长在
迦梨陀娑的辉煌殿堂
却仍然思考那广袤的宇宙呀
还有袅娉而端庄的形象

如今，谁还能挡得住你
古檀迦利诱惑的力量
在远远晴空的城郊呀
在南航融融的机舱

2017 年 7 月，深圳 · 宝安国际机场

美丽的深圳

深圳，美丽的都市
那不是我的家

我爱你开放的性格
也爱你活泼的年华

深圳，梦绕的都市
不仅有高楼大厦

我爱你高贵的品质
也爱你蓝天中的云霞

深圳啊，诗人的都市
这里是智者的醉乡

我爱你多情的目光
也爱你清纯亮灿的思想

2017 年 7 月，深圳 · 万豪酒店

为你点赞

——参加 2017 年万礼豪程年会有感

七月南国兮
天蓝云淡
创新之城兮
活力依然

万礼豪程兮
年会盛大
高效务实兮
轻松言谈

携手合作兮
激励教育
施展魅力兮
勇走红毯

数月辛劳兮
身临其境
倾心事业兮
为你点赞

2017 年 7 月，深圳 · 万豪酒店

清清河水的记忆

清清的河水
在我少年的梦里
那河边的石板老街
有外婆的惦记

阳光探望了秋凉
我常看见鱼儿嬉戏
那清清的河水里
总是蓝天白云的倒影

谁家的新媳妇
举棒槌在河边浣衣
红红的脸颊
映照她幸福的情意

摆渡的老爹
整天都是喜笑眯眯
我想，那清清的河水
亲吻他每日的踪迹

如今河道的改造

已看不到当年的涟漪
外婆的小镇
也早已颓废低迷

清清的河水啊
在我少年的梦里依稀
我想念你，更想念
梦中外婆的记忆

2017 年 8 月，东至·张溪镇

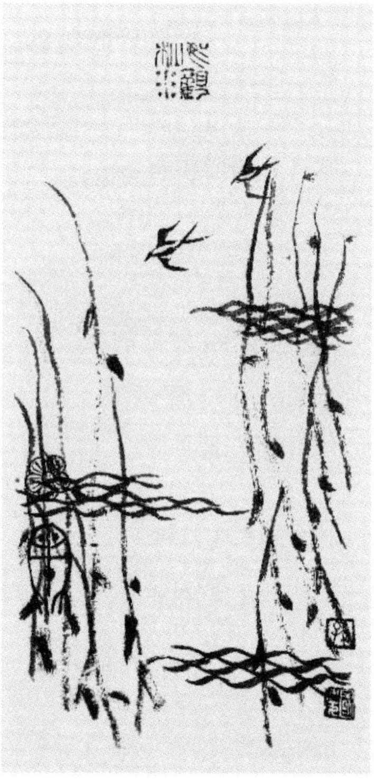

龙窝湖边随想

在这个安静的夏日里
我徜徉在龙窝湖边
为的是寻找
一片哲人的原野
在漫步中思索人生
在吟诗中回望从前

水草萋萋，迷茫
不宁的风啊迎面飞旋

远方颤动的幻觉
偶然掠过长长的堤前
有多少嘈杂的献媚
不应该映入我的眼帘
你有你的浅斟低唱
我有我的平和，悠闲

凉意的小雨啊在飘摇
从天外慢慢地涌现

仿佛有陶醉的气息

牵引莫名的思念
其实，生命的奇妙
全靠每一次细心的体验
不可征服的意志啊
漂浮在纯净的白云间

在赤红的歌调里，我看见
夕阳正亲吻着湖面

2017 年 8 月，芜湖 · 碧桂园

路　边

路边的红叶
躲藏在草丛间
那样的安静
那样的舒心
静静等着
我散步时瞧她一眼

我懂你，你是想提醒我
秋天快到了
又是一个写诗的季节

可是，我手头上
堆积着这么多工作
还有这么多的烦心事
我该不该放弃
描绘倚山湖畔的秋天

2017 年 9 月，芜湖・倚山湖畔

我的安慰

自从，读了我的诗
你就不想来上班
你想随着甜甜的阳光
和柔柔的轻风
去环视秋色的灿烂

你不要心急
也不要让我为难
等到观赏的最佳时机
牵着你的爱人
去看，塔川绝艳的枫叶
木坑的竹海，还有
宏村百年乡村的画栏

你静下心来，再读读
我吟诵秋意的浪漫

2017 年 9 月，芜湖 · 倚山湖畔

偶　　感

你什么都养眼
白白的皮肤
配着休闲的服饰
就是不注意这个细节

这不是小事啊
而是一个美丽女孩
素养的体现

多读些书吧
别把这个习惯带到校园

当有一天
你的眼神流溢出
脱俗的风采
你自然改了这个细节
走进我的诗篇

2017 年 9 月，芜湖·倚山湖畔

归　途

落日的余晖
洒在我的车窗前
这是我归途的心情

我在驶向
一个平和的港湾
一个写诗的小屋
享受一次别样的旅行

湖面的闪烁
飞鸟的归巢
还有秋凉的微意
都是我诗中的风景

我想呀，人生应有归途
朝着同一个方向
不管我们如何任性

2017 年 9 月，芜湖·龙窝湖畔

秋　意

你用一片枫叶
表达对我的谢意
其实，我没有做什么
只在诗中，为你
抒写了几行清丽的传奇

远山，暮色，翔云
我都记在心里

不仅如此
我还想起了
你的模样，连同
你清纯的踪迹

一杯浓浓的咖啡
伴着轻音乐
我触摸到秋的秘密

2017 年 9 月，芜湖・碧桂园

题几幅暖心老人照

你老了，岁月的辛劳
留在你平静的脸上
你不需要用甜言
来遮掩和张扬
也不需要刻意地
伸开你温情的臂膀

你忘记了回家的路
却忘不了一生的信仰
你既要曾经拥有
又要坚守那地久天长

你老了，搀扶着你
缓慢而安详
这里有你曾经的潇洒
也有你撩人的回想
常青藤啊倚梦着水墨画
全是那美妙的夕阳

秋天，是个安静的季节
秋天有你回忆的芳香
什么都不说了，这才是
你们爱情最美的模样

2017 年 9 月，芜湖 · 碧桂园

新安江畔（组诗）

（1）温文尔雅的形象

踱步在新安江旁
清净的河水，清新的空气
挽着清晨的曙光

这儿有流动的清明上河图
这儿是徽商惦记的家乡

毛豆腐，咸烧饼，臭鳜鱼
你可以随处品尝
小青瓦，马头墙，古街道
是你眼前的古色古香

茶林深处啊，依山傍水
安卧着我们的亲人
新安江边，那是我们爱的启航

我要歌吟节日的喜庆
描摹你，温文尔雅的形象

(2) 盼望着

盼望着，盼望着
2018 年第一场飞雪的情景
你已飘过了淮河两岸
也拥抱了江城惬意的乡情

人们正认真地答题
怎样才不耽误工作的热心

而新安江畔的大街小巷
早已储备欢悦的心情

孩子们放假等着你
为的是与雪人比聪明

老人们预备了手炉
站着队等着雪花的飘零

流不尽的昱城江水呀
正期盼着黄山徽韵的清新

只有一位多情的诗人
提笔写了几句窗外的轻灵

盼望着，盼望着
2018 年第一场飞雪的来临

(3) 新安江畔飞雪来

新安江畔的雪花
从容地飘来
她在寻找自己的方向
寻找诗人的情怀

屋头，树梢，车顶
都已白雪皑皑
而春姑娘已经等了很久
等着你激情的表白

吮吸晶莹的徽韵
窗前从未见过雾霾
只让那一幅幅水墨画
在雪花中展露风采

我在老街的窗前眺望
为两位新人写几句期待
大雪封路困于此
才许你我在诗情前徘徊

（4）漫步江心洲

漫步于江心洲，那是
新安江吟诗的地方
你随意看上一眼
都会有歌曲的悠扬

于是，我大声地呐喊
江水啊流入哪一个方向
环岛健步，亲水留恋
你才能感到小岛的时尚

充满魅力的古城
飘逸着徽文化的徜徉
徽商，徽味，徽韵
在百姓的血液里流淌

一半街巷，一半水系
都承载着千古的繁忙
我爱江心洲的花木
为你，投下亲和的目光

（5）新安源印象

这儿是新安江的源头
这儿是如梦的徽州
竹海，杉林，老樟树啊
都在聆听潺潺的泉流

行驶在蜿蜒的公路上
好一派皖南的节奏
全新的青瓦白墙
仿佛镶嵌于山清水秀

飞逝而灵动的瀑布
创造生命的风流
守护蓝天，守护净土
守护三江源头

朴素的民风与民俗
还记得当年知青的回首
带上你感恩的情愫
全都留在诗人的心头

（6）写给我的老岳父

新春，天未放晴
我走近茶岭丛中的徽陵
微风探望翠绿
鲜花沐浴着心灵

这里，安卧着我的岳父
还有家人记挂的亲情
你已把所有的琐事丢下
只为寻找这一份清静

犹记得，东方红广场
你扶我学车的情形
还记得，沏好半盏茶
等着与我一起添水，谈心

你常谈年轻时的爱恋
也描述生活的艰辛
老家往事，儿女家常
仿佛全是娓娓叙说的场景

你的亲家，我的父亲
就住在你的附近
你们可以相惜相伴

夜晚，一起仰望聆听

新安江上，蕴满了真情
早已不是当年的风景
我想，岁月有了怀念呀
才多了那一缕温馨

2018 年 1—2 月，屯溪 · 新安江畔

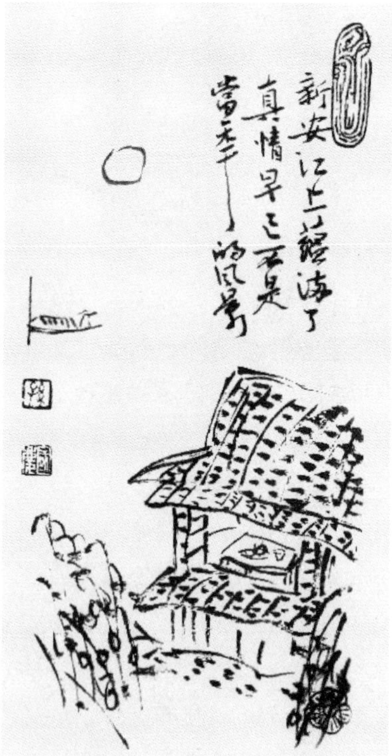

致女儿

在盛装的秋日里
流动着金色的阳光
我看到你
我亲爱的女儿
同向日葵一起成长

明亮，勇敢，向上
全是生机勃勃的景象

浪漫的玫瑰，纯洁的百合
离不开对生活的向往
这不仅是一种花语
也是心中追慕的思想

在火红的晒秋季节里
我为我快乐的女儿
写几行，灿烂的诗章

2017 年 10 月，芜湖 · 碧桂园

写长篇叙事诗《朱自清》有感

烟雨蒙蒙中
我眺望着龙窝湖
在写诗的小屋里
感受到，秋凉的清爽
秋意的成熟

每一次无功利的宣扬
我都享受着寂寞的清福

一个完美的人格
是你一生描摹的榜样
在你的灵魂里
牵动着昔日的归途

我用秋雨湿润了风流
为你婉约一曲
动人美妙的音符

2017 年 10 月，芜湖 · 碧桂园

晨　练

晨练，走在林荫道上
淡雅的桂花香
萦绕在我的身旁
伴随我的脚步
滋润我的唱腔

我在努力地寻找
寻找那，沁人心脾的模样

曙光，青藤，秋爽
似乎都有自己的匆忙
她们，一样的自豪
一样的潇洒
才不理会你什么思想

晨练，走着走着
我也找准了自己的方向

2017 年 10 月，芜湖 · 碧桂园

写给你们的童年（组诗）

（1）题桐桐照片

不要问我们
乘花车，将去探访的方向
在这甜蜜的日子里
美丽的小公主们
与我一起，飞向遥远的地方

带上心爱的玩具
张开童谣的翅膀
我们心里清楚
什么才是幸福的景象

从此，我们不要上学
不去琴房，也拒绝成长

在幼小的记忆里
只留下灰太狼的疯狂

美食小巷的诱惑
还有几只雏儿的唱腔

(2) 为思源思语兄妹题诗

亲我肉肉的脸上
是我柠檬兄长
他喂我喝奶
他还喂我喝汤

哥哥常背着宝剑
说要浪迹天涯
可他丢不下
我这可爱的沙拉

我俩相约，同游同玩
与童话一起成长
只让轻灵的微笑呀
抒写温婉的诗章

你瞧我的奶爸奶妈
繁忙，期望，还有欣赏
这就是现中国的二胎
最酷最美的状况

（3）涵涵的进步

小时候
你是多么的胆小
每每遇到生人
你就哭成了花猫

你常常生病
又爱发烧
妈妈为了你呀
写了好多篇感慨的文稿

后来呀
你悄然长大
既爱身旁的小伙伴
也爱人前显耀

你爱学象棋
你爱包水饺
你爱踢足球
你爱比动脑

你见了方大伯
语气呀，格外高调
你担心妈妈每月的奖金

会不会减少

壮壮、桐桐和柠檬
各有各的自豪
还有爸爸凝视的小沙拉
也是灵气而多娇

涵涵，从来不甘落后
暗暗把本领学好
与兄妹们一起进步
一起回味童年的骄傲

（4）壮壮戴上了红领巾

这是，庄严而难忘的一天
这是壮壮最美好的心愿
你悄然地成为
中国少年先锋队队员

虽然，这个敬礼
还有些姿势的缺陷
虽然，这个表情
只在人群中留个瞬间

但在诗人敏锐的目光中
早看到，妈妈骄傲的笑颜

还有叔叔阿姨的期盼
还有老师温暖的情缘

红领巾，飘扬在胸前
你有了奋发读书的源泉
未来的壮壮最优秀
时刻准备着，风光无限

（5）晨练中的博铄

这是谁家的小帅哥
一招一式都是那样地协和
红衣映着朝霞
小区内，飘溢着赞歌

别看他年龄不大
胸中有着恬适的快乐
在秋色中闻鸡起舞
在隐隐的桂香中润色

枯木挂柿，飞鸟来啄
于枫叶的季节攀折
还有爸爸的厚望
还有妈妈眯笑中的喜乐

（6）赞含章宝宝

在微信的方格中
我看着你慢慢长大
从蹒跚学步起
到模拟舞姿的童话

你有一双闪烁的眼神
像妈妈一样风华
还有，奶奶的笑意
还有，爷爷的潇洒

右手握着钢笔
是为了储备你的才华
左手拿着车钥匙呀
是早早规划那畅游天下

你看，秀美的琅琊山
微风轻拂着图画
问你心里藏着什么
含章小朋友，笑而不答

2017 年 9 月—2018 年 10 月，芜湖 · 碧桂园

我要去旅行

背上了行装，怀抱着诗情
离别纷繁的都市
去回应，天尽头的清音
溪流的任性
还有那纯美的枫林

我在呼吸——
北上，北上，我要去旅行

在秋意渐浓的梦境里
把那做不完的事
抛在脑后
丢在文件夹里
只留下，一颗贪恋的心

我要呐喊——
北上，北上，我要去旅行

2017 年 10 月，芜湖 · 倚山湖畔

我爱你，诗歌

我是如此的痴迷
自从约会了你
像一只飞鸟
依恋秋日的果实
享受那秋阳的气息

我想，把你藏到风里
藏到云里
藏到多情的秋天里
小河淌水，枫叶寄情
我要把你藏进我的心底

在金秋诗会上
我仿佛走近江南的小溪
欣赏你，美妙的笑意
走进晨雾的迷离
走进秋日思语

多么美妙的琴声
让我联想起远方和田野

汇集了江城这么多诗迷
亲爱的钢琴王子啊
此时，我真想拥抱你

2017 年 10 月，芜湖·物资大厦

我的诗，插上了翅膀

我的诗，插上了翅膀
飞过静静的大江
在星光满天的秋夜
找寻自己的航向

遥望西湖的碧波
凝视都城的辉煌
枫叶也有温情
她在起舞，她在吟唱

也许，我的诗
能为谦谦的友情疗伤
那还迟疑什么
努力地飞翔，飞翔

2017 年 11 月，芜湖 · 龙窝湖畔

指尖上的月亮

微信群中，我看见
指尖上的月亮
随你的心境
缓缓地流向舞场

在这静静的夜里
你用手语测量
诠释诗之魅力
酝酿音乐的幻想

这一刻，有多少人
丢失了欣赏
殊不知生活之情趣
藏有远方的思量

于是，有了你的灵性
才有指尖上的月亮
有了我的灵感
才有胸中的诗行

2017 年 11 月，芜湖 · 赭山脚下

走在吟诗的道上

背上心爱的莱卡
我不必，周游四方
漫步在龙窝湖边
摄几处，秋之景象

蓝蓝的天空
映着蓝蓝的湖光
还有我影影绰绰的
蓝蓝的遐想

可惜了，眼前
这一片亲切的梦乡
只有我一人呀
留下几句弱弱的回响

背上心爱的莱卡
我不必，周游四方
只谨慎我双双的脚步
走在吟诗的道上

2017 年 11 月，芜湖·龙窝湖畔

随　感

菜筐中的蒜瓣
吐出了绿绿的嫩牙
于是，你就失去了
原先的模样
食材的用途
还有往日的辣香

丢弃你，你不情愿
留下你，也有几分勉强

我想，你有自己的能量
也有生命的迹象
何不把你栽在盆中
和绿萝相依相伴
听我吟诗
每日里，茁壮成长

2017 年 11 月，芜湖·龙窝湖畔

听《橄榄树》有感

我的眼前，时常
浮现橄榄树的旋响
我真的能理解
三毛她为什么流浪

她不是为了亲近世界
也不是欣赏异域的风光
她是在旅途中
从容享受内心的渴望

我真想一觉醒来
也立刻背上我的行囊
带上心爱的诗集
从此，便可浪迹天涯

用口琴，吹奏同一支心曲
去抒发秋意中的惆怅
用诗情打动每一条河流
让她们为梦想歌唱

于是，我的诗呀

去轻吻橄榄树的脸庞
还有远方的新月
还有远方的胡杨

2017 年 11 月，芜湖 · 龙窝湖畔

闲庭踱步

无意中踱步至闲庭
才猛然意识到
她们拥抱得这么紧

这儿的默竹
这儿的水杉
都静静地守候着
仲冬的安宁
还有那令人迷恋的风景

鸟语传递着
一缕幽幽的风情
她们，感恩地唱歌
她们，默默地沉吟

在恋爱阳光的路上
不仅有我的思绪
还有你的赤子之心

2017 年 12 月，芜湖 · 赭山公园

赠一木先生

醉梦里，过了一个生日
醒来时得了一位佳人
在火红的玫瑰前
求婚的钻戒悄然现身

多少次精心的策划
多少个微信中的回声
把所有的兴奋传递给大家
此刻，她是一位女神

俏公鸡，肥鲤鱼，红富士
成双成对地扎着红绳
它们混入迎新的队伍里
只让有趣的婚俗得以传承

于是，你听见周边的女孩
都发出同一个心声
爱情滋润的新人
浑身散发着幸福的清纯

2018 年 1 月，芜湖 · 文津花园

喜讯敲窗

——写给我的小文友

微信，在兴奋地敲窗
喜讯在星空中飞扬
我可爱的小文友
即将成为美丽的新娘

钢琴，屏住它的欢愉
清泉，在翠绿丛中轻唱
不管金陵啊如何宁静
今晚，全是幸福的模样

彼此间不需要许诺
每天路过同一处大堂
用眼神传递爱意
相拥伴随着你们的成长

我站在，远远的江城
从书海中物色画框
早早地为你们预备一首
宴尔新婚的瑰丽辞章

2018 年 1 月，芜湖·碧桂园

暖冬抒怀

这一抹暖色的美好
全在痴痴中飘摇

隔着远远的一片湖
看你，如春日的兰草

清丽明媚的暖冬
星空笼罩着寂静的芳郊

就像古老的留声机
演绎那百合仙子的妖娆

深藏记忆中的温存
静卧乡野生活的喧嚣

我在寒风中期待
下一个钟点的歌谣

2018 年 1 月，芜湖 · 碧桂园

贺一木先生和他的媳妇

一个立志思想者的后生
紧握住雕塑的传承
你把所有的爱恋
都献给国画之乡的女儿
和那幸福的小红本

从此，两只艺术的雏儿
在凡俗的空中回声
不忘初心，方得始终
已不仅是一门政治学问

在雪花飞舞的季节
你们都藏有彼此的心声
当洁白干净的江城
有了纯真的梦幻
才是你们心中爱的永恒

2018 年 1 月，屯溪 · 新安江畔

看朋友圈有感

冰雪迷雾的清晨
能写出多少轻盈的诗章
你却悠悠地说
写诗的情感被冰封了
只愿意在朋友圈
晒几张图片
作搭建友情的桥梁

其实，我已猜透了你
并不曾冷若冰霜
只是把希望的种子
悠扬的音符
连同含情的眼神
一起在冬日里埋藏

当初春的暖阳
触摸了你的心灵
那一定是你的凝视
快意的步伐
追赶昔日的年华
还有诗情构筑的梦想

2018 年 1 月，屯溪 · 新安江畔

梦中行

我在睡梦中穿行
残雪，山道，鸟外亭
这是什么去处
如此脱俗，如此幽静

当年的萧统太子呀
聚贤才在此归隐
才有了南山的文苑
南山的城市竹林

我也想租一小屋
向先贤们学习诗情
也许有那么一日
能抚慰我浮躁的心灵

倒伏的水杉木
卧听招隐寺的风铃
含苞的俏腊梅
傲视俗人的摄影

于是，背一壶翠芽

在增华阁旁品茗
这儿的古牌楼
只为文化人放行

我在沉思中穿越
文思，文心，文选情
每一个朝代的雅士
都给我们留下一份安宁

2018 年 2 月，芜湖 · 碧桂园

为儿童作品题诗（组诗）

（1）王韵然摄影作品《夕阳》

红日依恋着江面
只把怜惜洒在眼前

那不是普通的摄影呀
而是一位小公主的心愿

只有你天真的眼中
才有绚烂的光圈

你把你的爱意
系挂在无边的夕阳前

超然，傲立，还有欢颜
都留在妈妈的心间

（2）孙朗清绘画作品《蜗牛带你去旅行》

可爱的蜗牛
你一生没有他求

只愿驮着桐桐的心愿
旅行至五湖九州

蜻蜓为你护驾
蝴蝶引导清秋

你一步一个脚印啊
前方还有路标的守候

树木，轻风，阳光
全部汇入童趣般的漂流

（3）朱谛手工作品《小灯笼》

你像妈妈一样自信
高傲的辫儿显露着聪颖

莫要小看这个手工劳动

它是人生的第一份发明

小灯笼呀，漂亮无比
我想，她定有她的性情

她照亮人生的征途
也点燃了你心中的宁静

难怪呀，走南闯北的母亲
对公主的作品如此开心

2018 年 2 月，芜湖 · 碧桂园

新春偶感

从前，小的时候
画在手背上的手表
决不会走动
却带给我们多少欢笑

如今，长大以后
爆竹声中欢度良宵
芸芸众生相
却留不下新春的俊俏

于是，我明白了
往事如烟，岁月如潮
只有诗情与画意
才能保鲜那往日的奇妙

2018 年 2 月，屯溪 · 新安江畔

写给自己的本命年

我预备了许多红包
却不知发给谁好
因为遇上了本命年呀
我的诗情在默念中燃烧

黑白韵味的徽州府
只有聪慧，雅致，灵巧
一天写一首诗篇
才对得起年轻的心跳

这么多年过去了
我才了然自己的爱好
细细地数一数
旅行，写诗，还有垂钓

一两个悠闲的美人儿
正缓缓地走过天桥
释梦，追梦，圆梦
红灯笼在血脉中闪耀

啊！我痴情的诗人

我不辜负你的招摇
你也不要舍弃了
我的意兴，我的骄傲

在暖阳下喝着咖啡
点缀天边无尽的诗稿
遥远的哲理与情思
坦然地涌向我的心潮

我预备了许多红包
只发给姹紫嫣红的春晓
让每一次风华微信
都因我的犬年而自豪

2018 年 2 月，屯溪 · 新安江畔

游戏中的随想

微信中，偶然知晓
不老的神话传遍春早
悄悄地告诉你吧
诗人藏有惊异的法宝

一双善于发现的眼睛
能捕捉山水的多娇
在适性的意象中
组合这景物的技巧

于每一次探索之中
都能发现自我的美妙
真切，意兴，节奏
定能展示艺术的风貌

读之，朗朗上口
听之，悦耳袅袅
这就是吟诗的魅力
这就是诗人保养的绝招

2018 年 2 月，屯溪·新安江畔

酒后臆想

我要拥有一处农庄
小院的窗口面对朝阳
有各色的牵牛花
悠闲地开在篱笆墙上

在幽静的小路上漫步
一直走近这小溪旁
吮吸那儿清新的空气
再聆听泉水的畅想

满目的绿水，青山
镶嵌甜甜的意象
一手触摸着大自然
一手触摸着诗的芬芳

我在好奇中猜测呀
这是个什么地方
不是陶渊明的田园地
也不像海子的梦乡

这是淡忘中的表白

还是酒后的臆想
生命固然坚守
但决不是理想的模样

聚餐，喧闹，沙发
空旷中也有思想
一觉醒来豁然
生活，就是诗意的故乡

2018 年 2 月，芜湖 · 伊顿公馆

宜城行

都是江城的模样
都在宝塔身旁
鸠兹遥想宜城呀
两地情谊深长

这儿有我的母校
红楼依旧古香
当年种下的月季
早已馥郁芬芳

探望昔日的恩师
精神矍铄安康
还有师兄师弟呀
饮酒畅谈释放

遥想黄梅的魅力
意趣格外高亮
今晚所有的光泽
全都留有余香

子夜安静回眸

窗外目送着随想
当我提笔吟诗
才有湖边的神往

2018 年 2 月，安庆 · 菱湖公园

写给我的老师

你凭借九十岁的高龄
保持着诱人的气场

且以清晰的思路
畅谈马克思主义的文章

你胸中装满天下事
时常，与小辈们分享

更有那长寿之秘诀
于幽默的温馨中宣扬

红梅，月季，时令花
开满你的院墙

还有那满屋的书籍
静静地，守候你的思想

你规避名利的诱惑
敞怀昔日真诚的谦让

你叙说老战友间的诚意
享受言谈中的辉煌

我聆听窗外的小雨
挥洒诗情的琼浆

在师生情的河流里啊
最迷人的涟漪就是珍藏

2018 年 2 月，芜湖·龙窝湖畔

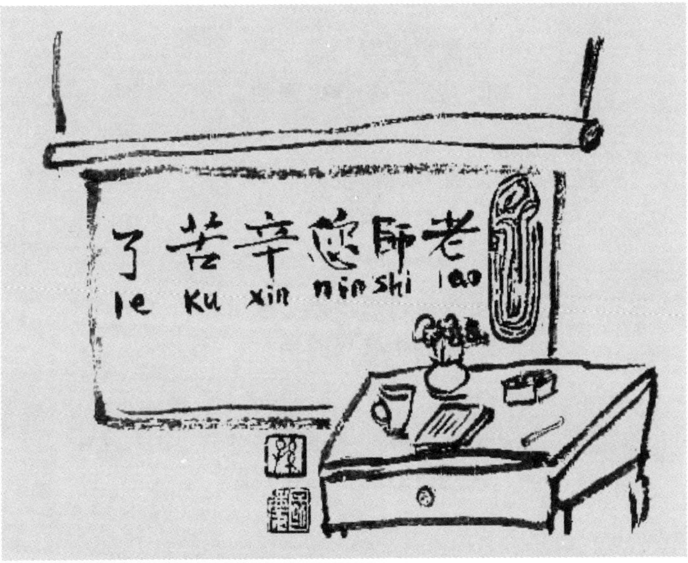

开学第一天，你好

齐落山旁的清早
静谧的水面烟雨悄悄

初春快意的暖风
唤醒了湖边的柳条

垂蔓镶嵌着长廊
肥鸭，早知春之来到

元宵节后，我的学子们
还在睡梦中飘摇

上课的铃声传遍了楼层
老师们也揉揉眼角

你看，风儿的诗作在飞动
钱兄曼妙的摄影在舞蹈

这就是传说中我的校园啊
开学第一天，你好

2018 年 3 月，芜湖 · 齐落山旁

为曹超轶小两口领证题诗

让你藏在我的身后
只有快乐，没有烦忧

凭着这对幸福的小红本
我们一起朝明天行走

在这柳色的年华里
我的肩是你依靠的春秋

为你遮挡着风雨
也为你展示着俊秀

不信，你看我这领带控
自信的云彩啊，任尔风流

2018 年 3 月，芜湖 · 齐落山

寄远方

我把对你的相思
写在海角上
等那季风的到来
随它一起啊漂洋过海

海鸥唱着曲
把每一个故事翻新
好记住我的存在

椰树，蓝天，洋房
无视花花世界的诱惑
我存心想着你
不再徘徊
无须悲哀

等着你的出现
等着你亮灿地归来

2018 年 3 月，芜湖 · 碧桂园

为摄影作品题诗（组诗）

（1）儿时伙伴《在远方》

在远方，你在
大海边眺望
用镜头描绘美的画卷
还有你独到的鉴赏

在远方，你在
凝视天边的云霞
用色彩装饰生活的节奏
描摹人生的景象

在远方，你在
追寻未来的希望
用艺术点亮生命的哲理
牵引着我的诗行

(2) 迅哥《灵芝的家乡》

我没有去过你的家乡
所以写不出优美的景象

但我知道你的住处
靠近秀丽的万佛湖旁

那是三线建设的基地
还有威震四方的毛坦厂

大华山，云峰寺
眺望皖西大峡谷的风场

只是这趟舒心的旅行
还停留在依依相恋的心上

等到油菜花满眼盛放
再去品尝高家小窖的芬芳

(3) 锡球《感动春意》

在充满灵气的新安江旁
我领略了你镜头下的匆忙

满目流溢的俏江南啊
蕴藏着春意的芳香

紫云英冲破隐隐的寒意
白玉兰也自信地登场

还有水牛，肥鸭，油菜花
都已抹在悠闲的油画上

这是你眼中的恩泽
到处都是诗意的流淌

而你只记下大师的名言
在微信群中袅袅飘扬

走向盛唐气象的序曲
就是对春天的期待和展望

（4）大黄蜂《皖西》

那儿，是大别山的深处
那儿，是摄影者的天堂

所有的诗意镜头
都写满了天然的幻象

旭日，依恋着垂影
大桥飞架在浮光的河上

皖西的小城啊
你已披上神秘的面纱

于是，把生动的美术课
留在微博中宣扬

你的专注与沉迷
招引我怡然的思想

写几行清朗的诗句吧
赞许你，大黄蜂艺术的眼光

（5）红色的橙子《江城的蓝天》

夏日的风
轻轻地吹响
你见到，白云的安详
蓝天的畅想
还有江城的清沐
楼宇的安康

其实啊
她不需要你拍摄

也不需要你的夸奖
这本是她
最美最酷的模样

（6）海涛《太平湖畔》

你瞧，这一双灵秀的宝宝
悠然地躺在父母的怀抱
在湛蓝的湖水中嬉戏
在夕阳下指点妖娆

远山融入炎炎的夏日
热风中，仍有清凉的欢笑
在悠闲的沙发上
在太平湖那妩媚的小岛

准备着，水上摩托启航了
我们去寻觅远方的曲调
爸爸配上酷酷的眼神
妈妈穿上红红的骄傲

（7）白色 HO《三朵金花》

你瞧，这三朵金花
她们对着

惬意的镜头犯傻
在蕴满甜美的眼神里
展现一下
川妹子的风华
还有，幺儿的幸福
还有成都的茉莉花茶

（8）志奇兄《吵过鸟架的两口子》

你们俩
刚刚吵过架

他不理你
你也不理他
但是，两只雏儿
都不愿意离开
夏日的风情
和那温馨的小家

因为啊
你们，彼此牵挂

2018 年 3—7 月，屯溪 · 新安江畔

忽然，想起了爱情

爱情，是两颗成熟的
异性的心
在一起碰撞出
新生命的靓丽风景

她于浩瀚的星空中
游离不定
或而沉迷于漫漫长夜
忽拥，忽弃，忽离

爱情，是常青藤
缠绕着彼此熟悉的身影
你离不开他
她呀，也舍不得你

岁月牵着茉莉花呀
相守这一份情意
脱离了四季的羁绊
只留下，彼此珍爱的心灵

爱情，不论源于何故

最后都归为亲情
跨越了地域
也超乎了年龄

2018 年 3 月，龙窝湖畔

致敬霍金

霍金，你是 20 世纪
最伟大的物理学家

伽利略逝世的祭奠日
你降生于英国牛津的街巷

爱因斯坦诞辰纪念日
你离开了地球去太空休假

这不是冥冥之中的安排
而是，非凡人生路上的接洽

你的思想从未停止
遥想着宇宙，黑洞，大爆炸

你探讨天体的起源和未来
还有生命意义的风华

你的预言不是任性
却充满了人文关怀的步伐

你告诫天真的人类

仰视星空，不要俯视脚下

你看似轮椅上的囚徒呀
却追求自由，未来，还有风雅

在学术的金字塔端上俯视
你高傲，专注，还激情挥洒

你去了，归于宇宙的星辰
归于上帝所在的天涯

从此，天空中多了一颗明星
让我们致敬你灵魂的安详

2018 年 3 月，芜湖 · 碧桂园

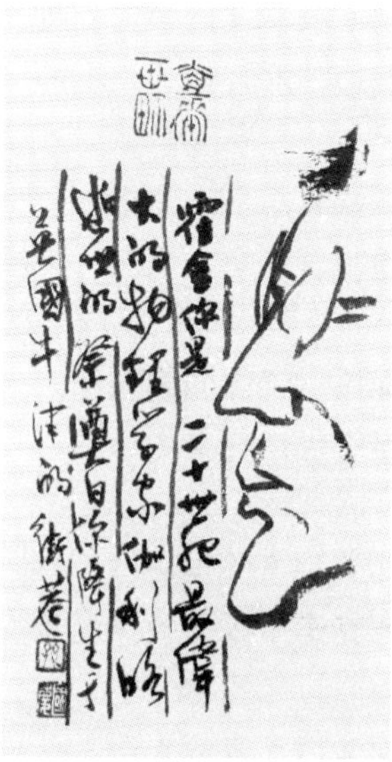

时尚的歌谣

我时常想起
在崂山上观海听涛
从此，这胸中便荡起
海天一色的畅想
和梦一般诗的浪潮

眼前，雨雪刚刚飘过
便送来春日清新的味道
还有那芦笛的缥缈

我想啊，只有你
不畏春寒，不怕远道
守护这一份
精致美好的心情
才有那风和日丽的回味
连同时尚的歌谣

2018 年 3 月，芜湖 · 碧桂园

想起从前的网友们

窗外风雨乱离兮
龙窝湖水起
遥想当年恍惚兮
网络寻知己

青梅煮酒留客兮
是我好兄弟
南湖泛舟采菱兮
怎能忘依依

边城晚风拂面兮
守望在哪里
悄悄惜别淡泊兮
但作九歌觅

闲暇敲盘吟唱兮
黄埔有记忆
借问香茗枸杞兮
人淡如菊奇

亮出诗稿不觉兮

私谊已迷离
咫尺天涯网友兮
执手老哥忆

2018 年 3 月，芜湖 · 碧桂园

写给鹏翔和他的宝宝们

你在怡然的风里寻找
带着自家的宝宝

每一格温情的画面
都留在，湿地公园的环岛

与石榴花轻和对语
是你挚爱的大宝

奔跑，体操，放风筝
是你的小宝，还有小小宝

你还酷酷地戴着墨镜
你又惦记着童年的鸟巢

你手执这一幅幅爱的画卷
温暖了春天丰美的怀抱

2018 年 3 月，芜湖 · 碧桂园

写给我们的领证纪念日

在那时间的长河里
泛起爱的涟漪
我们一同留下
三十三个春天的足迹

我们，记得住
第一次牵手在公园里
那个年代呀
这是最勇敢的秘密

我们记得住
在湖水边低语亲昵
那动人的情形
飘荡在痴痴的回忆里

我们还记得住呀
领证前，合影的传奇
那朴实的画面
也有几分清纯与得体

其实，我们赶上了好年代

抓住了青春的尾翼
与今天的年轻人一样
享受领证时最美妙的旋律

2018 年 3 月，芜湖 · 碧桂园

放飞的雄鹰

我缓缓地站在崖前
即将展翅啊飞向天边

然而，我怎能忘却
救助我的恩人，我的情缘

我一次次舞动翅膀
依依不舍，虽亢奋无限

在无数的镜头下
咬紧牙关，硬撑着向前

我也与人类一样呀
强忍着泪水，点头致歉

谢谢您，我的志愿者们
我走啦，带去美好的祝愿

在广宇的天地间翱翔

翱翔吧，我依然是怀念

我领略了目送的祝福
我也享受了人间的甘甜

2018 年 3 月，芜湖 · 碧桂园

我听你唱歌

所有专注的眼神
都明白，你不是流浪汉
伴随这沧桑的旋律
定然来自你长者的心坎

虽然，我们一天天消退
却有你的歌声陪伴
在遥远的街巷
在异国他乡的云端

亲爱的人啊
不要忧伤，不要感叹
我们彼此搀扶着
在余下的人生中聚散

你抒情吧，飘荡的乐曲
好比那虔诚的经幡
滋润每一双善良的眼神
温暖了这悠悠的春寒

2018 年 4 月，芜湖·倚山湖畔

为发小们聚会题诗

我们，这一群发小
面对幼儿园的毕业照
发出人生的感慨
时间啊，因梦幻而逍遥

荷池边从容地漫步
追昔那往日稚嫩的风操
每一片含蓄的树叶
都羡慕温暖心扉的曲调

也不需多饮一杯酒
只要惦记着岁月静好
留在朋友圈中
全是悠然静谧的微笑

也许，我们有个心愿
让孙辈们，逐一排好
还是孩童时的坐姿
还是从前的童谣

2018 年 6 月，芜湖 · 碧桂园

寄给远方的旅行者（组诗）

（1）青海湖边

你在白云蓝天下穿行
忘却了，身边美的身影

远方的小火车，满载着
茶卡盐湖的传说
还有，山峦的梦幻
还有，旅行者的童心

把所有的无拘无束
都融于，一朵朵盐花
那是小仙女的向往
连着袅娉的清宁

我想，你还惦记着
青海湖上的碧波

黑马河乡的红日，连同
祁连山草原的羊群

你在白云蓝天下穿行
忘却了，远方江城的蛙鸣

（2）美丽的月牙泉

我登上高高的沙丘，为的是
目测你亘古的风貌

啊，我的月牙泉呀
你被无边的流沙
紧紧地拥抱
仿佛，是仙人的目光
环视那天宇的骄傲

你那澄清如镜的神往
还有泉边的芦苇
从不为世俗的强风干扰
你是，河西走廊上的明珠
把所有的传说
写成了美轮美奂的歌谣

远山，繁星，露营
一日走过了四季的奇妙

你瞧，在最美的公路旁
还有骆驼痴迷地守候
还有旅行者摄影的高超

我登上高高的沙丘，恍惚间
听见了鸣沙山的尖叫

(3) 我的喀纳斯

在这片遥远洁净的
土地上穿行
不仅有青山绿水
也不仅有蓝天白云
而是，徒步于
自由洒脱的心情

啊，我的喀纳斯
你是大美新疆的标志
你是人间最酷的风景

你看，这一队江城的健儿
最懂得聆听风的声音
沉重的行囊
烦心的琐事
早被他们忘记得
干干净净

我看见橘红色的背影
更加地坚信
这才是最心动的旅行

2018 年 7—8 月，芜湖 · 碧桂园

美丽的克罗地亚

我通过足球，认识了你
美丽的克罗地亚

你原是，前南斯拉夫
一个加盟共和国
如今，是巴尔干半岛上
一个富饶的国家

你同我们的江城相似
只有四百余万人口
却能将足球踢得
如此完美，如此潇洒

我想，这得力于你们
悠久的文化与文明
还有这个民族的
勤奋，激情，不浮夸

也得力于，你们的总统
那亲和典雅的笑意
惊艳的面容

与那永久魅力的风华

克罗地亚狂想曲啊
你让梦想照亮了
现实与意志
也让球迷们为之疯狂

我通过足球，认识了你
马可·波罗的家乡

2018 年 7 月，芜湖·碧桂园

乔迁抒怀

只要你炫耀芜湖的风光
我们家就在此处躲藏

这儿，是十里江湾之畔
这儿，是临江双塔的身旁

从此处眺望江城啊
别有一番舒心的景象

目送远方的微风
伴随夏日诗情的分享

选择这个轻灵的日子
与龙窝湖水，遥遥相望

2018 年 7 月，芜湖·临江桥畔

守　望

——为好友一段往事而作

那是，夜深人静的盛夏
屋外早已褪去白天的嘈杂
透过高高的窗
遥望天空清凉的月亮
他在独自落泪
他在守护寂寞的病房

我的爱人，这些年
是什么将我们彼此牵挂

亲吻那追慕眼神的缘分
全在昔日的同窗
我们，没有情诗传递
我们，没有花前月下
因为爱情，从皖南
他路过江北的鱼米之乡

远方，有习习的凉意
他没有心境去欣赏

月色，对清荷倾诉啊
他对我只守候着单纯的梦想
我们，一同寻路
我们，一同回眸看朝霞
那生命中的奇迹
多少回，也因守望而绽放

2019 年 7 月，芜湖 · 青弋江畔

父亲的想念

行驶，在这条熟悉的道上
忽然想起了我的少年
无数次与父亲并肩而行呀
聆听你从容的讲演

梧桐树木透着骄阳
顺意，明媚，连着书院
还是当年的球场
还是熟悉的校园

飘然，在这条思念的道上
其实是在我的梦边
你刚毅的眼神告诫我呀
读书是唯一的奉献

青山绿水寄托了希冀
寻路，怀想，遥望蓝天
还是安静的身影
还是催人的常言

吟诗，在这条感恩的道上

我久久地徘徊不前
岁月平添了我的华发呀
我依然有年轻的心愿

树荫下蝉儿不停地鸣叫
也有几分思绪的断片
还是热浪的传递
还是夏日的依恋

2018 年 8 月，芜湖 · 赭山之麓

听电影《追捕》主题乐曲

多么熟悉的音乐旋律
重温着儿时的记忆
仿佛，穿越了时间的隧道
把我们带回
四十年前那青涩的痴迷

高仓健啊，中野良子
那个时代的偶像
充满了温馨，无法代替

华丽优美的嗓音
飘忽在，难忘的朝夕
永远怀念的经典呀
让你我流连于隔空的传奇

那是动人心弦的追捕
那是我梦中久久的珍惜

2018年8月，芜湖·临江桥畔

挽着晨曦畅享

新秋，挽着晨曦去畅享
在斑驳的江堤上
我遥望你的气势呀
连同南北行船的匆忙

从容地叼着烟卷
站在船头也不慌张
聚散了那么多的无奈
还有搭伙时的希望

于是，我想起了
论语的温暖
还有庄子的飘逸
还有鲁迅先生的诗狂

2018 年 10 月，芜湖 · 青弋江畔

小荷的启示

你关爱她的成长
她装扮你
幽静的小院
还有，你的心绪
你的思想

生命，随时光流逝
却是那样奇特
那样顽强

每一次呈现
写满了五彩缤纷
像小荷那样
迎接第一缕朝霞
面对骄阳似火
静候那
满天的星光

你的关爱，让她呀
欢欣鼓舞地绽放

2018 年 7 月，芜湖 · 临江桥畔

写给我的大家闺秀

你像一位大家闺秀
惊艳了我的眼球

还有，阿尔卑斯山上的清凉
还有，伊萨尔河畔的风流

中国，是你的第二故乡
你愿做这文明古国的亲友

于是，你婀娜的倩影
驰骋于夏日的探胜寻幽

还有，你那车模的身段
还有，你那蓝眼睛的相守

你像一位大家闺秀啊
伴随我的诗情，畅行九州

2018 年 7 月，临江桥畔

写给青海湖边的女儿

这是青海湖最美的季节
这是你流连的好地方

你看，环湖的公路边
油菜花竞相绽放
还有，高山牧场的辽阔
还有，成群的牛羊

湖水拍打的声浪
伴随着鸟儿的畅想
空气中，全是甜甜的思绪
在蓝天白云下徜徉

带着崇敬洒脱的心情
留几张自拍的清凉
阳光自信，高洁清雅
这个暑天你是怎样的模样

选几张亲爱女儿的美照
我的诗，从江城飞到了远方

2018 年 7 月，芜湖 · 碧桂园

未来的茶艺师

这一对心仪的姐妹
突然有了奇想
驱车蜿蜒的山道
去领略，黄山毛峰的家乡

你瞧，在惬意的阳光下
她俩装作采茶的模样
汗湿了孩子妈妈
晒黑了待嫁的新娘

品茗，传艺，纳凉
忽而想起猴魁的芳香
在慕名的茶行里
优雅地学着观赏

在课堂上想入非非
在博物馆内修炼成长
莫不是未来的茶艺师啊
真能留下感怀夏日的渴望

2018 年 7 月，芜湖 · 碧桂园

为自己工作纪念日题诗

从宜城顺江而下
那情景，仿佛就在眼前

读书，教书，写书
我走过三十四个夏天

还是，当年的痴愚
还是，当年的职业

只不过平添了白发
品尝一些岁月的深浅

四季风儿轻轻地吹
每天都有改变

聊以欣慰的，我仍是
一位写诗的少年

2018 年 7 月，芜湖 · 碧桂园

遥望碧桂园

从这里眺望你
我看到了曙色的新奇

你依在天边
好像，挂在云彩里

我在莱卡的相机中
看你看得最清晰

有大船的护航
有风平浪静的相依

我的斗室斋呀
贮满了古典的诗意

一半是我的藏书
一半是那生活的哲理

从这里仰望你
我看到了无比的壮丽

2018 年 8 月，临江桥畔

站在江堤上

这儿是晨练的好去场
大江伴随你的身旁

在炎热的暑日里
在立秋的时节去探访

一边是城市的喧闹
一边是十里江湾的空旷

于大堤上急促地行走
双塔的身躯映入我的目光

一边矗立着高楼大厦
一边是行船上的红旗飘扬

还有小渔船的清闲
迎着天边红红的太阳

我向来往的船只招招手啊

请把我的诗作带到远方

江城有这样的好去处
我怎能一个人独享

2018 年 8 月，芜湖 · 临江桥畔

题陈宇、赵瑜婚宴电子谏

送你一份蜜月游
在月宫的清秋

有桂子飘香
还有幸福的牵手

你是聪颖的学子
陶醉那帅哥的风流

在甜美的眼波里
由内向外渗透

我在远远的江城
目送诗的问候

2018 年 10 月，芜湖 · 青弋江畔

漫步海河边

灯火璀璨的眼前
是海河无尽的悠闲

每一座各具特色的大桥
都彰显着历史的新篇

望不见天空的颜色
也不去想明日的奉献

只与垂钓者攀谈
只看大妈们回到从前

微风拂面，秋色摇曳
牵手在溯洄的水边

炸糕，麻花，狗不理包子
都可以慢慢地尝鲜

有浅浅的诗怀
有爱人赞誉的回念

2018 年 10 月，天津 · 海河岸边

后　记

眼前，放在书桌上这部拟出版的《寄语四月》，是我2013—2018年担任我校人文旅游学院院长期间利用业余时间写作的新诗集。写诗虽然只能算我的业余爱好，但“诗言志，歌永言”，它必然也是我这六年间心路历程的一段最真实的记录。在这之前，我有两部诗集：《等待栀子花开》和《我的心依然年轻》。前者编印成册，敝帚自珍；后者则由安徽文艺出版社正式出版。目前，我正在写作的长篇叙事诗《朱自清》的工作也完成过半。实践出新知，从这些年写作新诗的过程中，我也渐渐有了自己的领悟和体会：觉得写诗的过程，就是一种自我体验的过程，一种自我抒怀的过程，也是一种自我欣赏的过程。

我渐渐地感到，写诗，首先要有“兴奋感”。从前，我们创作时讲灵感，讲思想的火花稍纵即逝。我以为，灵感与兴奋感还是有区别的。灵感更在意创作时突然爆发的创作能力，但兴奋感除了有这种创作能力外，还酝酿着强烈的写作欲望，并且，这种欲望能达到一种非写不可的状态。有了这种欲望和状态，才是写诗的基础。

“兴奋感”是写诗的基础，但这还不够，还要有“画面感”。“面朝大海，春暖花开”，是多么美妙的画面。写诗的过程，就是一种形象塑造，一种情景再现，甚至是一种意境的追求。在写作前或写作中，只要清晰的画面已浮于眼前，那么，这个画面就一定是由一个一个灵动而飘逸的意象所组成，最终形成一个情景交融的艺术空间。这个画面，既陌生，又熟悉，是“熟悉的陌生人”。

所谓既熟悉又陌生，实际上是给读者一种“亲切感”。诗一定要给人亲切感的。可以试想一下，你描写的对象或意境，读者感到陌生，不喜欢，连读它都不愿意，又怎么能感动他呢？同理，如果你描写的对象，读者早已熟悉，也能写出来，就不会感到新鲜神奇了。那么，怎样才能做到既熟悉又陌生呢？我以为，诗中要有“我”的出现。我的所见，我的所思，我的所言，我的所为。“小荷才露尖尖角”，就是诗人独特的审美视角。只是你还没有写出来或没有来得及写出来，却被诗人“我”写出来或抢先写出来了，才是熟悉而陌生的画面。这种亲切感自然拉近了诗人和读者之间的审美距离。

最后，新诗创作还要有“音乐感”。诗歌有诗歌先前的特点，它是从诗歌、音乐、舞蹈三位一体中分离出来的，仍然保留了音乐舞蹈的节奏和韵律等特点。不仅古典诗词创作离不开节奏和韵律，新诗创作也应该如此。节奏是新诗创作的生命，韵律是新诗创作的灵魂。有了这个生命和灵魂，新诗才有被读者欣然接受的可能。

所以说，创作中的兴奋感、画面感、亲切感和音乐感，才是一首新诗的真正生命的元素。也许我的《寄语四月》等一系列诗作，还没有完全达到这一点，但在我的心目中，“千树万树梨花开”，它是朝这个方向努力的。

现在“微信”很流行，我的许多诗作在完成后的第一时间便放入“朋友圈”，并配上图片。大家看后，图文并茂，纷纷点赞或点评。这实际上是对我写作的鼓励和赞许。我也是个不能脱俗的人，也是在这些“鼓励和赞许”中，越写越有味，一发而不可收了。诗集完稿后，我请我的同事汤淼老师和我的爱人汪亚君老师分别校对了全部诗稿。汤老师除指点文字外，还为不少诗句润色。爱人亚君是安徽师范大学文学院副教授，是我最忠实的读者，不论选择删除诗篇，还是逐字逐句修改，我均感温馨相伴，温情无限。之后，我又请我的好友、安徽师范大学文学院博士生导师武道房教授为诗集写序。武兄是研究古典诗词的专家，他不嫌我诗作简陋，序文委婉多姿，旁征博引，娓娓道来。或叙述我们饮酒相识、交流人生的过程；或对我的诗作多加夸奖和推崇，令我十分感动！我的另一位好友，芜湖市著名书画家孙国庆先生为我这部诗集准备了多幅插图，就像上次《我的心依然年轻》出版时一样。我喜欢他的插图，简洁、清新、美观。此外，合肥工业大学出版社朱移山博士为我这部诗集的出版提供了极大的支持和帮助。这些情谊，我在此一并致谢，并在心中选择最美的诗句祝福他们！

诗稿完成后，推窗远眺，满目苍翠，碧水蓝天，尽收眼底，心情无比畅快！从“知天命的少年”开始，我与诗结缘，与诗亲密，是我没有想到的。然而，诗之空灵，诗之远方，诗之浪漫，却大大丰富了我的诗意人生，使我在这条道上，越走越远，越走越亮！

是为后记。

方大卫

2018 年 11 月 6 日，于芜湖碧桂园·斗室斋

图书在版编目(CIP)数据

寄语四月/方大卫著. —合肥:合肥工业大学出版社,2018. 12
ISBN 978-7-5650-4313-0

Ⅰ. ①寄… Ⅱ. ①方… Ⅲ. ①诗集—中国—当代 Ⅳ. ①I227

中国版本图书馆CIP数据核字(2018)第276768号

寄 语 四 月

方大卫 著　　　　责任编辑 朱移山

出　版	合肥工业大学出版社	版　次	2018年12月第1版
地　址	合肥市屯溪路193号	印　次	2018年12月第1次印刷
邮　编	230009	开　本	880毫米×1230毫米 1/32
电　话	总　编　室:0551-62903038	印　张	5.75
	市场营销部:0551-62903198	字　数	136千字
网　址	www.hfutpress.com.cn	印　刷	安徽昶颉包装印务有限责任公司
E-mail	hfutpress@163.com	发　行	全国新华书店

ISBN 978-7-5650-4313-0　　　　定价: 38.00元

如果有影响阅读的印装质量问题,请与出版社市场营销部联系调换。